JAKE MADDOX
NOVELAS GRÁFICAS

STONE ARCH BOOKS
a capstone imprint

JAKE MADDOX
NOVELAS GRÁFICAS

Publica la serie Jake Maddox Graphic Novels,
Stone Arch Books, una imprenta de Capstone
1710 Roe Crest Drive
North Mankato, Minnesota 56003

www.capstonepub.com

Los datos de CIP (Catalogación previa a la publicación, CIP) de la Biblioteca del Congreso se encuentran disponibles en el sitio web de la Biblioteca

ISBN 978-1-4965-9179-1 (library binding)
ISBN 978-1-4965-9314-6 (paperback)
ISBN 978-1-4965-9183-8 (eBook PDF)

Resumen: Adnan Zakaria acaba de llegar a Estados Unidos. Es un refugiado sirio cuya destreza con la patineta es lo único que le permite conectarse con los demás jóvenes de su vecindario. Pero cuando su patineta desaparece y termina en manos del pendenciero local, Mike Proctor, Adnan tiene que patinar como nunca para superar a su enemigo y recuperarla.

Editor: Aaron Sautter
Diseñador: Brann Garvey
Especialista en producción: Tori Abraham

Translated into the Spanish language by
Aparicio Publishing

Impreso y encuadernado en China.
2489

SKATERS FEROCES

TEXTO POR
BRANDON TERRELL

ARTE POR
BERENICE MUÑIZ

COLOR POR
FARES MAESE

TIPOGRAFÍA POR
JAYMES REED

ARTE DE LA CUBIERTA POR
FERN CANO

YOUSEF DWECK
ADNAN ZAKARIA
ELEANOR 'ELLIE' YORK

MIKE PROCTOR
BLAIR BROWNE
RAFAEL 'RAFE' MENDEZ

Damasco, Siria, dos años antes . . .
¡Vamos, Yousef, muéstrame tus mejores movimientos!
¡Esta es la última vez que patinamos juntos!
No me lo recuerdes, Adnan.
* Traducido del árabe al español.

Lo siento, amigo. No quiero irme.

Entonces, ¿por qué te vas?

Porque este lugar es peligroso. Mi familia ha estado tratando de salir desde hace muchos años.
Pero, ¿a dónde irás?

¿Al principio? No lo sé. Pero al final . . .
. . . A Estados Unidos

Te escribiré con frecuencia.
Más te vale.

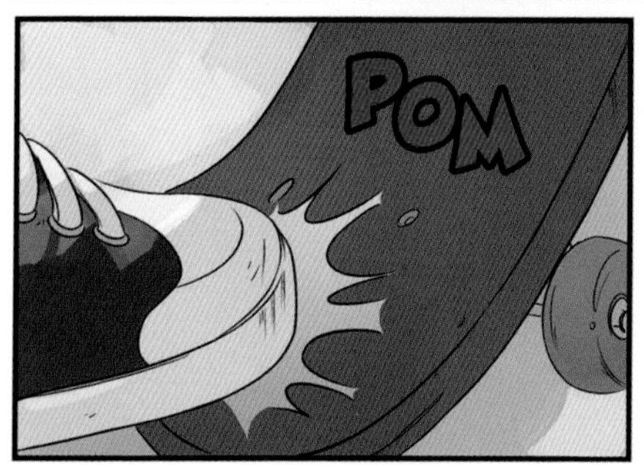
POM

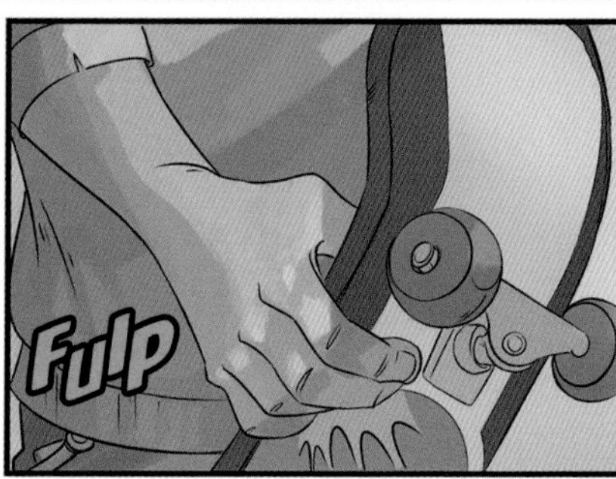
FULP

Aquí está tu patineta , Yousef. Gracias por prestármela.
Quédate con ella. Necesitarás algo para encajar con los estadounidenses.

BUUM

Otra bomba. Debemos regresar a casa.
Buena idea.

NI-NOONI-NOOO
NI-NOONI-NOOO
Te voy a extrañar, Yousef.
Pero no vas a extrañar este lugar, ¿cierto?
Para nada.
NI-NOONI-NOOO

Hoy.
NII-NOONII-NOOO
BIIP
BIIP
AWE
SOME

ZAS
AWE
SOME

Adnan, cariño. Es hora de levantarse para ir a la escuela.
Está bien, mamá.
Pero hay algo que tengo que hacer primero.

Querido Yousef,
espero que todo esté bien por allá en Siria.

Hace mucho tiempo que no te escribía.
Hace poco me sucedió algo muy raro. Es una historia extraña, pero te va gustar.

Fue poco después de que mi familia se mudara a nuestro nuevo departamento en San Francisco, California. Nos estamos acostumbrando a vivir en Estados Unidos. Todo es tan . . . tranquilo aquí.
Tal vez porque no estaba siempre esperando que una bomba me explotara debajo de los pies.
¡Qué tengas un buen día en la escuela, Adnan!
Así será.

Cuando apenas empecé a asistir a mi nueva escuela.
Muchos de los otros muchachos . . . realmente ni me miraban. Hacían como si yo no existiera.

Pero, por fortuna, tenía tu patineta.
MAXIMUM
30
Me recordaba mi vida anterior, mi cultura. Y a ti, Yousef.

Lamentablemente, hay personas que no son tan amistosas.
¡Hola! Con permiso, por favor.

Por favor, ¡permiso! ¡Voy a pasar!

¡Epa!
MOC
MOC
KIZZZ

Eso no fue divertido. Pero me alegro de estar en San Francisco . . . lejos de las bombas.
¡Fiiuu!

Aun así, empezaba a sentir que nunca más tendría un amigo.
7

~~~~
~~~~ ~~~~
~~~ ~~~~~~~
~~~ ~~

~~~~
~~~~ ~~~~
~~~ ~~~~~~~
~~~ ~~

. . . no puedes oír nada de lo que estoy diciendo, ¿o sí?
Lo siento. ¿Te puedo ayudar en algo?

Estaba tratando de decirte que pienso que tu patineta es genial.
Oh, gracias.
Me llamo Ellie. Eres nuevo aquí, ¿cierto?
Sí. Yo me llamo Adnan.
Gusto en conocerte.

Oye . . . ¿Qué significa ese símbolo?
Está en árabe. Mi idioma nativo. Significa "esperanza".

¿Sabías mucho sobre patinetas allá en . . . ?

Siria. Patinaba un poco.

Bueno, ¿ves a esos tontuelos de allá?

Son Blaír y Rafe.

Sí alguna vez estás interesado, después de la escuela los tres nos vamos al parque de patínetas llamado Shelter.
No queda muy lejos.

"Deberías acompañarnos uno de estos días."
PARQUE DE PATINETAS SHELTER
ESCUELA

Así que esa tarde, después de la escuela, fui al parque de patinetas.
Tranquilo, Adnad. Ella dijo que estarían aquí.

Por supuesto que estaban allí.
De hecho, era difícil no verlos.
¡A un lado, novatos!
¡Ellie York les demuestra cómo se hace!

¡Bien hecho!
¡Yuju!

¡Ey, muchachos! ¡Miren quién está aquí!
¡Bienvenido a Shelter, chico nuevo!

Hola.

Me alegra que hayas venido. ¿Quieres dar una vuelta en el medio tubo?
Hace mucho tiempo que no patino en nada que no sea una banqueta.
Pues, si quieres probar, adelante.

". . . vamos a ver qué sabes hacer, Adnan".

No fue sino hasta que bajé por el medio tubo, que empecé a tranquilizarme.
UIIRRRR

No me había sentido tan libre desde que tú y yo patinábamos juntos, Yousef.

Caramba. Mis respetos.
¡Uau! Es bueno.
En serio, chicos.
FIUUU
¿No te importa que te acompañe, verdad, chico nuevo?

CLAC

CA-CLAC

Se sintió muy bien volver al medio tubo.

¡Yuju!
Muy bien, bienvenido al grupo, Adnan. Ahora vamos a comer algo. Me muero de hambre.

Me disculpas Rafe, pero . . . eso se ve asqueroso.
Es mejor que te acostumbres. A veces su dieta es difícil de digerir.
Tal vez para tí.
La mayoría de los humanos no tienen un estómago de acero, Rafe.

BRRUUM
AAGG.

¿Qué, qué fue eso?
Eso, mi nuevo amigo, fue un terremoto. Solo uno pequeño.
¿Eso pasa a menudo?
Eh . . . de vez en cuando. Casi todos son así, tan pequeños que apenas puedes notar que están ocurriendo.

De donde yo vengo, cuando la tierra se mueve así, normalmente significa . . .
. . . peligro.

¿Así es la vida allá en Siria? ¿Por eso viniste aquí?
Sí.

Mi amigo Yousef era el único patinador que conocía. Él todavía vive en Damasco, donde nací.

"Nuestro parque de patinetas no era como Shelter. Era pequeño. Destruido. Vacío".
"Muchos días nos vimos forzados a volver a casa cuando oíamos explosiones y veíamos humo".

Cuando el suelo temblaba, como justo ahora . . . bueno, quiero decir que estoy muy agradecido de conocerlos a ustedes.
El honor es nuestro, amigo.

El último que llegue al medio tubo compra la próxima ronda de refrescos.
¡Ey! ¡Eso no es justo! ¡Necesito digerir mi comida! ¡Me van a dar calambres!
¡Ja, ja, ja!

No querrás llegar tarde, Adnan. Deberías estar vistiéndote.
Ya sé, mamá. Solo un ratito más.

Ellie, Rafe y Blair te caerían muy bien. Son amables y chistosos.
Y hablan sobre patinar y patinetas muchísimo.
Empezaba a sentirme que ya no estaba solo. Que pertenecía aquí.

Pero todas las cosas buenas llegan a su fin. Ese sentimiento de pertenencia estaba a punto de cambiar.
RIIINNNGG
Ups. Hora de ir a clase.

Nos vemos al rato, Adnan.
¡Adiós, Ellie!

¡Uuf!
PUM

CLACA CLACA
CLANG

Oh, no.
¿Pero qué . . .?

Lo siento muchísimo. Por favor, déjame ayudarte. Te traigo unas servilletas.

No necesito servilletas. ¿Ves?

La próxima vez, trata de fijarte por dónde vas, imbécil.

CSSSSSSSS

De nuevo, lo siento mucho.
No te creo. Lo hiciste a propósito.
¿No?

PAM

¡Ey! ¡Mike! Déjalo en paz. ¡Lárgate, simio extragrande!
FUIP
PUM

Grrr.

PAM

Siento lo que pasó, Adnan. Ese Neandertal es Mike Proctor.
Es un malcriado del ejército que se mudó aquí el año pasado. Mike era el chico nuevo antes que tú.

El tipo ese tiene un complejo de superioridad enorme.

No le conté a Ellie, pero yo entiendo exactamente cómo se sintió Mike Proctor.
Él ha pasado toda su vida mudándose de un lugar a otro, sin sentir que pertenece a ningún sitio realmente.

La única manera de olvidarme de Mike Proctor era divertirme y subirme a mi patineta.
Shelter

Así que eso fue exactamente lo que hice.

CSSSSSSSS

Tú.
¡Ey! ¿Por qué me pegas?
PUM
Mira eso. Las once en punto.

Proctor está aquí. Mejor advirtamos a Adnan.

¡Oye, tú!
¡Chico nuevo!

¡Parece que eres tan bueno en la patineta como lo eres para ver por dónde caminas!
¡Ja! Muy buena.
TRIP

Amigo, olvídate de esos tipos.
Esto es lo que vine a hacer aquí.
Pero es difícil olvidarse de alguien cuando está parado frente a tí.
Me parece justo. Ven, vamos a patinar en el bol.

Hice lo mejor que pude para olvidarme de Mike Proctor, como Ellie me sugirió.
UIRRRRR CSSSSS CSSSS

Pero Mike Proctor no es alguien a quien le gusta que lo olviden.

FIIIU

¿Eh?

¡Uooo! ¡El novato es tan ágil como un gato!
CLAP
CLAP
CLAP
CLAP

Oh, no.

Ooooh . . . lo siento. Creo que te traje mala suerte, ¿cierto?
CRAZZZ

¿Seguro que estás bien?
Estoy bien.
Está bien si quieres irte a casa, amigo.

No. No dejaré que me hostigue y obligue a irme.
He enfrentado cosas más aterradoras que Mike Proctor.

Genial. Entonces vamos al medio tubo y enséñale a Proctor cómo se patina.

Recuerda, nada de distracciones. Solo tú y la pista, amigo.
Sí. Solo mi patineta y yo.

Rafe estaba en lo cierto. Necesitaba enfocarme, porque, como sabes, un movimiento en falso puede cambiarlo todo.
FIIIU

Y estaba funcionando, hasta que Mike Proctor decidió que las palabras no eran suficientes para intimidarme.

¡Parecía tan divertido que me nació intentarlo! ¡Ja!

Las payasadas de Mike Proctor eran peligrosas. Me dí cuenta de inmediato que tenía que irme de ahí.

Podía ver cómo Mike Proctor
quería que esto terminara.

Pero eso no fue lo que ocurrió.

Sentí que las ruedas se salían por debajo de mí, y traté con mucho esfuerzo de alejarme de él.
Por poco y chocamos.

PAAM
¡UUF! ¡AU!
Pero eso no quiere decir que evitáramos el desastre.

Oh, no.

¡Mike! ¿Estás bien?
Uuuf...

No lo hice a propósito . . . Estábamos demasiado cerca . . .
Ven. Déjame ayudarte a ponerte de pie.

Aléjate de mí. No necesito tu ayuda . . .
SAZ

Ni tu disculpa.
Deberías irte . . . regresa a tu casa.

¿A mi casa? ¿Qué quiso decir con eso?

Él, más que ninguna otra persona, debe saber cuán fuerte puede ser esa palabra. Cómo puede hacer sentir a alguien como yo.

Mi encuentro con
Mike Proctor me
afectó muchísimo.

Al día siguiente, mis amigos hicieron todo lo posible
por hacerme reír. Demasiado . . . y no funcionó.

Yousef, no puedo ni explicarte
lo solo que me hicieron sentir
las palabras de Mike Proctor.
Estuve deprimido todo el día.

No quería estar cerca de nadie.
¿Seguro que no quieres ir con nosotros a Shelter?
No . . . hoy no.

Me llevó casi todo el día darme cuenta de que patinar con Ellie y los demás sería la mejor manera de animarme.
KEEP CALM AND SKATE ON

¡Disculpa, mami! ¡Voy a ver a mis amigos!
No te quedes afuera hasta tarde. Está oscureciendo. ¡Cuídate!
¡Así lo haré!

Pero había un problema . . .
No están aquí.

Estaba a punto de enviarles un mensaje para ver dónde estaban, pero . . .
No.

Decidí que no importaba patinar sin ellos.

Ya no iba a pensar más.
Solo mi patineta y yo.

De verdad me ayudó a poner las cosas en perspectiva.

Perdí la noción del tiempo y antes de darme cuenta, una voz salió de los altavoces . . .
El parque de patinetas Shelter está a punto de cerrar por esta noche. Abriremos mañana a las diez de mañana, así que ¡a patinar!

Aah . . .

Me sentía desconectado, sin pensar dónde iba, sin pensar en lo que me rodeaba.
Así que no los ví hasta que fue demasiado tarde.

¡BUU!

¡Aaaah!
¡Ja, ja ja, ja!
¡Gritó como una niña!
¡Qué gallina!

PUM

PUM

Aaay...
¡Rápido! ¡Vámonos de aquí!
¿Se fijaron lo asustado que se veía? ¡Ja!
No tuve que verles las caras para saber quiénes eran los responsables de asustarme.
Tenía que ser Mike Proctor.

Me sentía aturdido, pero por lo demás, estaba bien.
Uuf. Ojalá hubiera tenido puesto mi casco.
¡Un momento!

¡¿Dónde está mi patineta?!

No pude encontrarla por ningún lado. Seguro que cuando me caí, salió rodando por ahí.

Mi patineta. La que tú me regalaste, Yousef . . .
. . . se perdió.

No podía creerlo.
Había . . . desaparecido.
Mi último recuerdo de mi antigua vida, de ti.
Ya no estaba.

Me estaba preguntando dónde andabas. ¿Estás bien?
Me voy a dormir. No me siento bien.
Al día siguiente, le dije a mi mamá que estaba enfermo.

Ey. ¿Dónde está Adnan?
No lo sé.
Hoy no lo he visto en todo el día.

ELLIE:
¿ESTÁS OK?
Me pasé el día entero tirado en la cama sintiendo pena por mí mismo.

Y no quería que nadie me molestara.

PAM

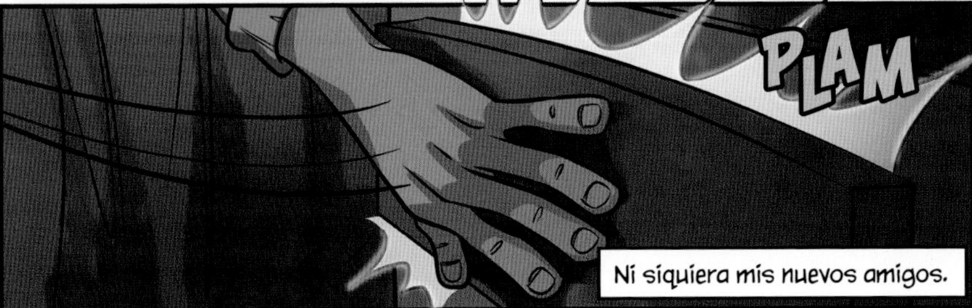
PLAM
Ni siquiera mis nuevos amigos.

Me sentí "enfermo" dos días seguidos.
Extrañaba mi patineta. Extrañaba a mis amigos.
Pero había decidido que probablemente mis días de patineta se habían terminado.

¿Te sientes bien, cariño? Hay alguien aquí que quiere verte.

¡Ey!
¡Ey!

No te ves muy enfermo.
Oh . . . cof, cof . . . estoy enfermo.
Ya para. Escuché lo que pasó afuera de Shelter.
¿Cómo?
Uno de los muchachos que trabaja ahí me dijo que vio todo.

De todos modos, vine a enseñarte esto. Rafe la acaba de tomar hace como treinta minutos.

¿Te parece familiar?

Mi patineta . . .

Le dije a mi mamá que iba a caminar con Ellie, y que eso me haría sentir mejor.
shelter

Y me sentiría mejor. Una vez que Mike Proctor me devolviera mi patineta.
FUAM

¡Ey, Proctor! ¡Creo que tienes algo que le pertenece a mi amigo!

* Traducido del árabe al español.

¿Miedo? ¿Yo?
No. Porque solía dormir oyendo el sonido de explosiones durante la noche.
No te tengo miedo, Mike Proctor. Además, patino mucho mejor que tú.
Ah, ¿sí? Demuéstralo.
Solía vivir cerca de edificios a punto de derrumbarse, y veía a soldados peleando en las calles.

Voy a limpiar el piso del medio tubo contigo.
Habla menos y patina.

FIUUU
Parecía infantil competir entre nosotros para ver quién era mejor con la patineta.

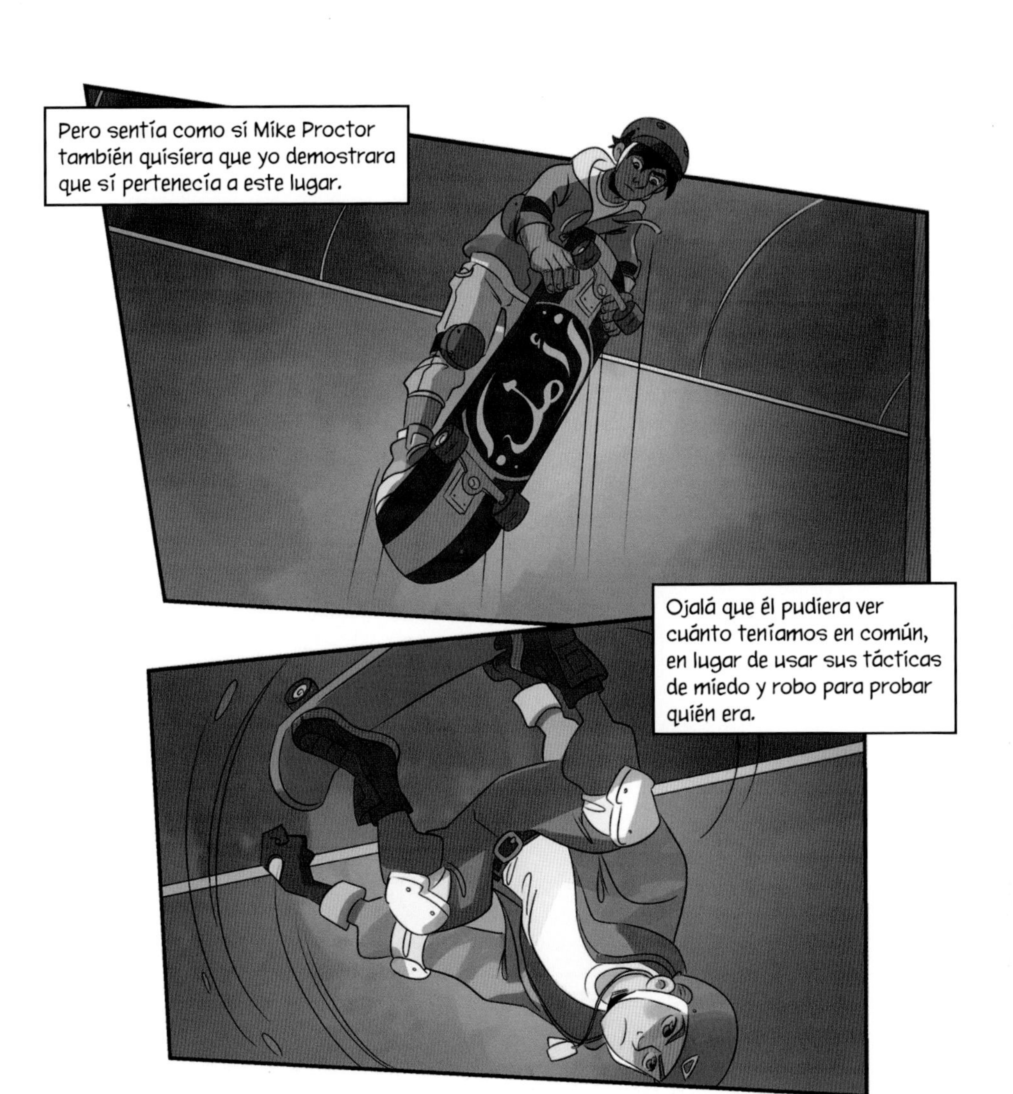
Pero sentía como si Mike Proctor también quisiera que yo demostrara que sí pertenecía a este lugar.
Ojalá que él pudiera ver cuánto teníamos en común, en lugar de usar sus tácticas de miedo y robo para probar quién era.

¡Uau! Buena movida. El chico nuevo es muy hábil.
Mike no encontró la patineta de tu amigo debajo del contenedor de basura, sabes.
Ah, ¿sí?
Sí, la tomó cuando le salimos al paso y lo asustamos. No debimos hacer eso.
No te tienes que disculpar conmigo, pero es un buen comienzo.

Su nombre es Adnan, y su familia se escapó de Siria para vivir aquí en Estados Unidos.
Y él no solo es bueno . . .
. . . es genial.

CSSSSSSSS

Mike era un feroz patinador. Yo tenía que hacer uno movimientos alucinantes para impresionar a la multitud que aumentaba a nuestro alrededor.
Judo airs y rocket airs no iban a ser suficientes.
Necesitaba hacer algo épico.

Mike había terminado. Pero yo aún tenía un movimiento más.
¡Tú puedes hacerlo, Andan!
¡UOOOO!
¡Vamos, Adnan!

أمل

¡Acaba de hacer un un McTwist 540! ¡Uooo!

Cuando caí al suelo tras mi truco alucinante, era bastante claro quién había ganado nuestra "batalla".
¡Eso fue increíble!
¡Genial, amigo!
¡Qué manera de taparle la boca a Proctor, Adnan!

Pensé que darle una lección a Mike me haría sentir mejor.
No fue así.
¡Oye, Mike!

Eres un excelente patinador.
Bueno, sí, amigo. Tú también.
* En español quiere decir "refugio".
De lo que me di cuenta mientras estábamos parados ahí, es que Shelter* era más que el nombre del parque de patinetas. Era un santuario . . . un lugar seguro para todos.

Claro, yo no le caía bien a Mike Proctor. Pero eso se debía a que él no me entendía.
Yo podía cambiar eso.
¡Adnan! ¡Tus amigos están afuera esperándote!

Porque la comprensión siempre derrota al odio.

Te extraño, Yousef, y espero que te sientas feliz.
¡Hola, muchachos!

Caramba, te tardaste más de la cuenta.
Quizás algún día puedas conocer a Ellie y a los demás. Les he contado todo sobre ti.

Hasta entonces, que estés bien y a salvo. Tu amigo siempre,
Adnan
FIN

PREGUNTAS VISUALES

1. Los artistas gráficos emplean escenas de fondo o panoramas para ayudar a contar una historia. Basándonos en las viñetas de arriba, ¿qué aprendemos sobre el país de origen de Adnan al observar su entorno?

2. La patineta de Adnan tiene pintado el símbolo en árabe de la palabra “esperanza”. ¿Por qué piensas que este símbolo es importante para Adnan? ¿Piensas que simboliza algo más que es importante en la historia?

3. Los artistas usan primeros planos para mostrarnos lo que los personajes están sintiendo y pensando. Mira las viñetas de abajo y describe cómo piensas que se sienten Adnan y Mike en este momento.

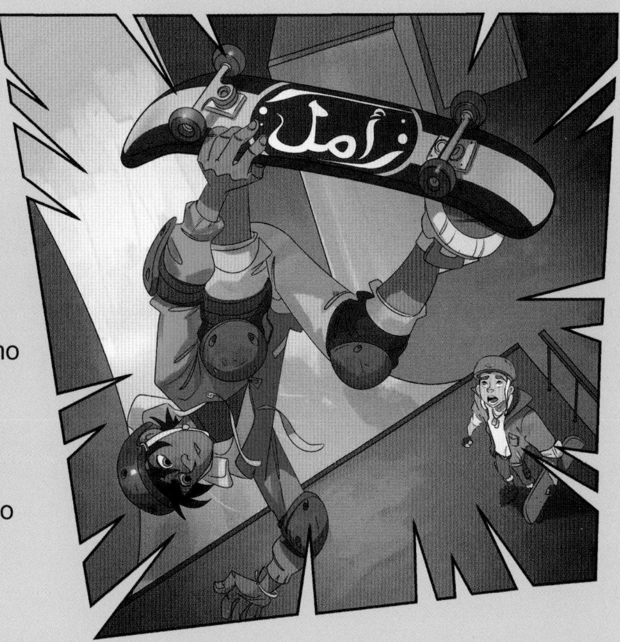

4. Los artistas gráficos con frecuencia usan diferentes ángulos para darle dramatismo a momentos importantes. ¿Cómo influye esta viñeta en la historia? ¿Cómo mostrarías esta escena si tú fueras el artista?

DATOS SOBRE LA PATINETA

- Las primeras patinetas se inventaron en la década de 1950. Nadie sabe quién construyó la primera, pero las primeras tablas no eran para nada como los modelos de hoy. Eran simplemente tablas de madera unidas a ruedas de patines.
- Las patinetas con ruedas se popularizaron primero en California, por algunos patinadores que se conocieron como “surfistas de banqueta” (*sidewalk surfers*).
- En 1959, se vendió al público en general la primera patineta llamada “Roller Derby Skateboard”. Las ruedas estaban hechas de arcilla.
- El primer parque de patinetas del mundo se inauguró en Tucson, Arizona, el 3 de septiembre de 1965.
- Frank Nasworthy añadió una sustancia llamada poliuretano a las ruedas de patineta en la década de 1970. La sustancia hizo las ruedas más elegantes y rápidas, y al rodar, la tabla no se tambaleaba tanto.
- Alan Ollie Gelfand fue la primera persona en crear un truco moderno de patineta en la década de 1970. Hoy día, el Ollie básico es uno de los primeros trucos que todo patinador aprende.

PALABRAS SOBRE PATINETAS QUE DEBES SABER

BOL — una rampa cóncava circular que forma un cuenco o plato hondo.

DE ESPALDAS — cuando un patinador hace un truco dando la espalda a la rampa o a un obstáculo.

DE FRENTE — cuando un patinador hace un truco de frente a una rampa o a un obstáculo.

DECK — la parte de la patineta donde se para el patinador.

HALF-PIPE — una rampa en forma de "U" con paredes muy altas.

JUDO AIR — un truco en el cual el patinador agarra la parte trasera de la patineta con la mano delantera y lanza una patada con la pierna que va al frente mientras está en el aire.

MCTWIST — un complicado truco en el cual el patinador hace una rotación 540 de espaldas mientras hace un salto de frente y aterriza hacia adelante.

METHOD — un truco en el cual el patinador dobla ambas rodillas, toma el borde trasero de la tabla y lo jala hacia atrás junto con las piernas dobladas en dirección de su cabeza.

OLLIE — un truco en el cual el patinador golpea la cola de la patineta contra el piso mientras que el pie que va adelante empuja la tabla en el aire para hacer un movimiento de salto.

ROCKET AIR — un truco en el cual el patinador agarra el borde frontal de la tabla con ambas manos y mantiene su cuerpo derecho lo más posible en el aire para que se vea como un cohete.

TAIL GRAB — un truco en el cual el patinador agarra la cola de la tabla mientras está en el aire.

GLOSARIO

cultura—la historia y las tradiciones heredadas de la familia, los antepasados o el país

deprimido—sentir mucha tristeza, perder el ánimo, no tener ganas de hacer nada

distracción—algo que causa que una persona no ponga atención a lo que está haciendo

épico—algo impresionante o fuera de lo común

intimida—atemorizar o amenazar a alguien

Neandertal—una antigua especie de ser humano que vivió hace más de 30,000 años

payasada—comportamiento que busca llamar la atención, con frecuencia hecho de una manera ridícula y tonta

perspectiva—la manera en que las cosas o los sucesos se relacionan entre sí de acuerdo con su importancia

santuario—un lugar que proporciona seguridad y protección para quienes están en peligro

tácticas—acciones realizadas para alcanzar una meta

¡LÉELOS TODOS!

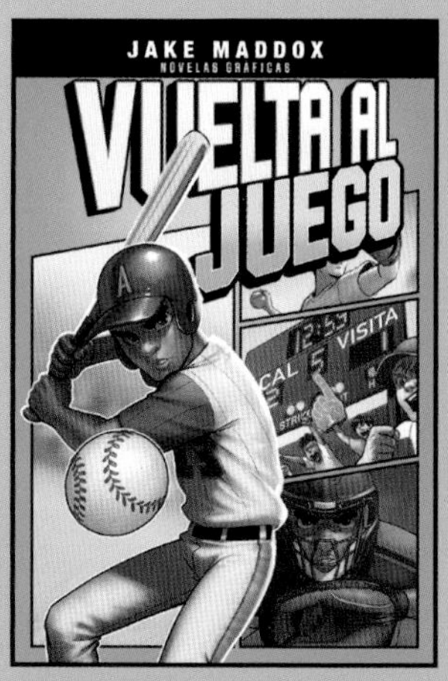

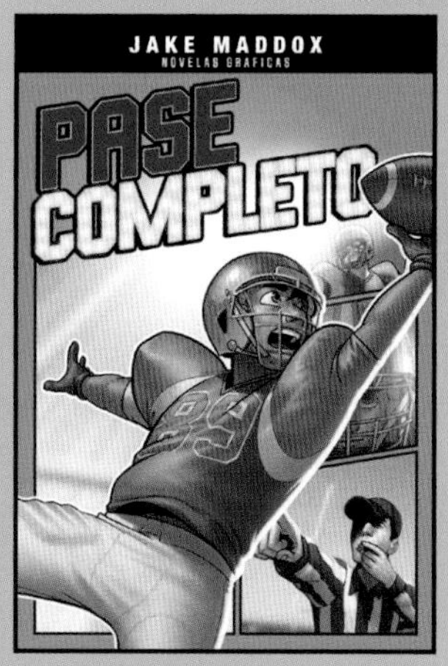

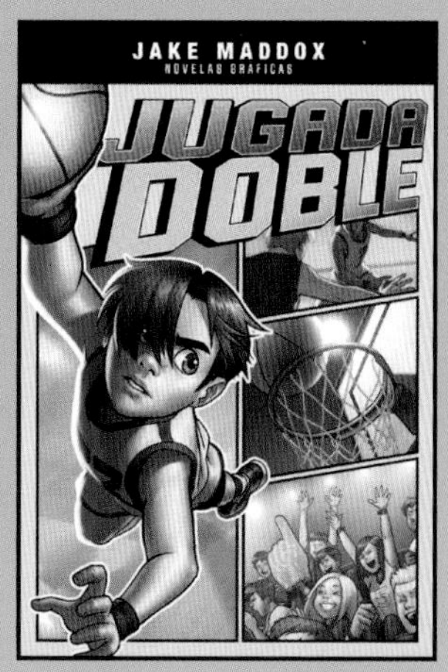

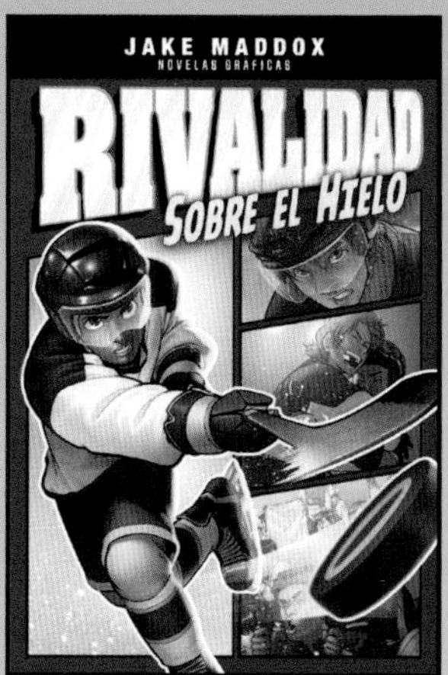

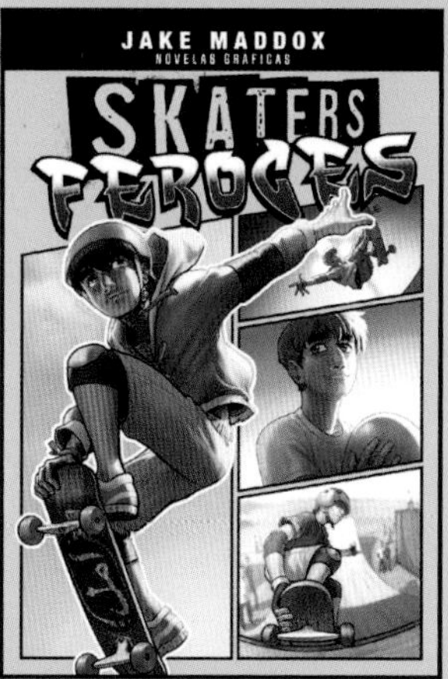

SOBRE EL AUTOR

Brandon Terrell es autor de numerosos libros infantiles, incluyendo varios volúmenes de la serie Tony Hawk 900 Revolution y de la serie Live2Skate Tony Hawk. También ha escrito varios títulos de Spine Shivers y es el autor de la serie Sports Illustrated Kids: Time Machine Magazine. Cuando no está encorvado escribiendo en su computadora portátil, Brandon disfruta viendo películas y televisión, leyendo, viendo y jugando béisbol, y pasando tiempo con su esposa y dos hijos en su casa en Minnesota.

SOBRE LOS ARTISTAS

Berenice Muñiz es una artista mexicana de Monterrey. Desde 2009 dibuja y colorea cómics. Su trabajo se puede encontrar en varios libros para niños en su país, donde vive con su amado cómplice, un perro peludo, y cuatro gatos.

Fares Maese es un artista independiente. Ha trabajado en Graphikslava como uno de los miembros fundadores. También ha trabajado para Marvel Comics, Paizo Publishing, Games Workshop y Leyends of the Criptics. Ha sido ilustrador de licencias como Warhammer, Star Wars, Wolverine y el videojuego Total War: Warhammer.

Jaymes Reed ha administrado la empresa Digital-CAPS: Cómic Book Lettering desde 2003. Ha hecho tipografía para muchas editoriales, recientemente para una de las más notables, Avatar Press. También es el único rotulista que trabaja con Inception Strategies, una editorial aborigen-australiana que desarrolla cómics sociales con mensajes de servicio público para el gobierno de Australia. Jaymes también ha sido nominado a los premios Shel Dorf 2012 y 2013.